AF329151

SATIRE

LE PRÊTRE

PAR

OLIVIER DES ARMOISES

PARIS

LIBRAIRIE DES BIBLIOPHILES

Rue Saint-Honoré, 338

1880

LE PRÊTRE

SATIRE

LE PRÊTRE

PAR

OLIVIER DES ARMOISES

PARIS

IMPRIMERIE D. JOUAUST

Rue Saint-Honoré, 338

—

1880

LE PRÊTRE

LE PARLEUR

Oui, ces lois passeront, te dis-je, et comptes-y ;
Le fait n'est pas douteux.

LE PENSEUR

               Que sont ces lois Ferry
Sur lesquelles la Chambre avec rage argumente,
Dont tout le monde parle et que chacun commente ;
Qui jettent dans les cœurs même un trouble si grand
Qu'à cette question nul n'est indifférent ;
Que l'Église elle-même, à nos luttes qui reste
Par dignité toujours étrangère, proteste ?

LE PARLEUR

Le bruit qu'on fait autour de ces lois me surprend.
Que l'Église proteste, encore on le comprend ;
Personne ne l'en blâme et ne s'en formalise,

Se défendre est un droit qu'on accorde à l'Église ;
Mais que chacun s'en mêle et qu'on prenne avec feu
Sa défense, voilà ce que je comprends peu.

LE PENSEUR

Les lois en question l'attaquent donc ?

LE PARLEUR

                             Sans doute.
L'Église est un pouvoir dans l'État, qu'on redoute ;
Le pays s'est donné pour tâche et pour devoir
De poursuivre ou plutôt d'abaisser ce pouvoir.

LE PENSEUR

Et de lui retirer, sans que rien le motive,
Chaque jour, méchamment, quelque prérogative ;
De s'en prendre à ses droits, de les lui contester,
Et de n'épargner rien pour la discréditer ;
Railler sa mission, amoindrir son prestige,
La détruire avec art sans en laisser vestige !

LE PARLEUR

Non, n'exagérez pas, nous voulons simplement
L'empêcher désormais d'être fatalement,
Comme elle l'est, le fut et voudrait toujours l'être,
Un pouvoir dans l'État !... nous échouerons peut-être.

LE PENSEUR

Vous échouerez, j'en suis, pour mon compte, certain.

LE PARLEUR

C'est un vœu ! si j'en juge à ton regard hautain,
Au sourire méchant, incisif et farouche
Qui te serre les dents et te crispe la bouche ?

LE PENSEUR

C'est un vœu, tu l'as dit, même un vœu bien ardent.

LE PARLEUR

Tu n'es pas, que je sache, un cagot cependant ?

LE PENSEUR

Non ; je n'en suis pas un ; mais je suis honnête homme.
J'abhorre les tyrans, de quel nom qu'on les nomme ;
Et vous, républicains, vous êtes des tyrans,
Des despotes, peut-être entre tous les plus grands.
Vous qui méprisiez ceux dont la puissance opprime,
Traitiez l'oppression d'infamie et de crime,
Mais que faites-vous donc, vous autres, au pouvoir !
Quel roi osa jamais se donner pour devoir,
Pour but, pour mission, la tâche criminelle
Que votre république aujourd'hui se donne, elle ?

LE PARLEUR

Serais-tu clérical ?

LE PENSEUR

Je le suis pour l'instant,
Même des plus zélés, des plus ardents, étant
Par goût toujours l'appui de ceux qu'on persécute.
L'Église est, de nos jours, la cause qu'on discute,
Qu'on poursuit, qu'on opprime, et j'estime qu'il faut
Quelque courage encor pour affirmer tout haut,
En face des Ferry, devant la République,
Qu'on croit à l'Évangile et qu'on est catholique !

LE PARLEUR

Les prêtres au pouvoir sont des tyrans.

LE PENSEUR

Et vous,

N'en êtes-vous donc pas de pires, entre nous?
Vous faites ce qu'ont fait tous les tyrans ensemble,
Mieux et plus que beaucoup, vous l'oubliez, ce semble.
Persécuter l'Église, attenter à ses droits,
C'est nous opprimer plus que n'ont fait tous les rois,
Car c'est nous opprimer dans notre conscience.
Nul n'ignore, chacun sait par l'expérience
Que la conscience est et fut toujours un seuil
D'aucun despote encor que n'a franchi l'orgueil.

LE PARLEUR

Sauf l'orgueil des Césars et de leurs mercenaires!

LE PENSEUR

Sauf l'orgueil des Césars! ces monstres sanguinaires
Qui forçaient les chrétiens, dans leur zèle odieux,
A brûler de l'encens sur l'autel des faux dieux.
Les chrétiens cédaient-ils? Non. Le martyrologe,
Ce sanglant livre d'or, glorieux nécrologe,
Nous prouve que leur foi fut le rocher, l'écueil
Où des plus fiers tyrans vint se briser l'orgueil,
L'orgueil de ces Romains devant lesquels la terre
Devait en gémissant se soumettre et se taire...
Les chrétiens résistaient... sans pitié ni remord
Rome par légions les jetait à la mort.
Des persécutions on sait l'histoire atroce.
Dans sa rage de bête, et de bête féroce,
La Rome des Césars, la Rome des païens,
Pour les exterminer mit à prix les chrétiens...

A ce métier beaucoup gagnaient leur vie à Rome.
Le chrétien n'était plus, pour le Romain, un homme ;
Il était dénoncé dès qu'on le remarquait,
Et partout, jour et nuit, sans cesse on le traquait.
Le chrétien avéré ne valait pas l'insecte
Que le pied du passant parfois encor respecte.
Et pourtant les chrétiens, quoi que l'on fît contre eux,
Étaient toujours plus forts et toujours plus nombreux,
Et leurs persécuteurs, dont la farouche haine
Frappait sans se lasser, périrent à la peine.
Que cet exemple serve, et nous le désirons
Pour l'honneur de ce siècle, aux modernes Nérons.
Qu'ils se rappellent tous, et que chacun d'eux sache
Que Rome, qui jadis s'était donné pour tâche
D'anéantir la foi dans le Crucifié,
Est celle à qui Dieu même a, depuis, confié
La défense du Christ et de son Évangile.
Les Césars ont passé : leur puissance fragile
N'est plus qu'un souvenir, et la croix, l'humble croix
De ce Crucifié plus grand que tous les rois,
Après dix-huit cents ans, de sa clarté féconde,
Comme un phare éclatant, domine encor le monde.
Et d'ailleurs Jésus-Christ, le premier, n'a-t-il pas
Aux tyrans de son temps fait entendre ici-bas
Ce mot qui fit tomber les empereurs de Rome
De leur trône d'airain : « L'homme est l'égal de l'homme » ?
En est-il parmi vous qui, pour la liberté
Dont vous vantez les droits avec tant de fierté,
Que vous croyez à tort et dites votre ouvrage,
Ait fait plus que celui que votre haine outrage ?

LE PARLEUR

Ce n'est pas Jésus-Christ, l'Évangile non plus,
Mais c'est le mauvais prêtre, et ce sont les abus
Que le gouvernement s'est imposé la tâche
De poursuivre partout et toujours sans relâche.

LE PENSEUR

Et quels sont ces abus dont vous nous parlez tant?
Il faudrait, sur ce point, qu'on s'entendît pourtant,
Et que la vérité fût enfin dénoncée.
L'Église, poursuivie, outragée, abaissée,
Sans pouvoir dans l'État, sans droit et sans appui,
Je le demande à tous, que peut-elle aujourd'hui?
Parlez de ses abus, mais parlez-en à d'autres!
En France, il n'est d'abus, de nos jours, que les vôtres!
    Vous prétendez aussi que le gouvernement
Poursuit le mauvais prêtre.... Il est assurément
De mauvais prêtres; nul chez nous ne le conteste.
L'Église catholique, il faut le dire au reste,
Le répéter à tous, ne l'oublier jamais,
Bien qu'atteignant au ciel par ses plus hauts sommets,
A sa base ici-bas.... Comment trouver étrange
Que sa robe parfois traîne dans notre fange,
Que notre boue humaine éclabousse ses pieds?
.... Sur elle, pour l'atteindre, il faut que vous frappiez
D'autres coups que ceux-là. L'Église catholique
A déjà terrassé plus d'une république
Dont l'orgueil criminel avait sans un remord,
Comme vous aujourd'hui, jadis rêvé sa mort.

LE PARLEUR

Nous ne poursuivons pas, de parti pris, l'Église ;
Sur ce point, que chacun de vous se tranquillise :
Nous voulons réformer, et non anéantir.

LE PENSEUR

Votre haine d'un masque aime à se revêtir ;
La République hait l'Église et la redoute.
C'est instinct de sa part et prudence sans doute,
Car l'Église est un juge. A qui l'a mérité
Elle inflige son blâme et dit la vérité.
Et, qui l'a mérité plus que la République ?
Sa frayeur se comprend, et sa haine s'explique.
Si les prêtres étaient de complaisants flatteurs,
Usant à son profit, auprès des électeurs,
Du pouvoir que leur rôle et que leur caractère,
Quoi qu'on fasse contre eux, leur donnent sur la terre,
Loin de les insulter, de railler leur mandat,
Les vôtres feraient d'eux les premiers de l'État,
N'admettraient pas qu'on pût les livrer aux colères,
A la haine, à l'insulte, aux mépris populaires,
Que le passant joyeux, quand il a trop dîné,
Que l'impudent goujat et que l'homme aviné
Puissent impunément, de leurs bons mots d'ivrogne,
Les poursuivre en public, lâchement, sans vergogne…
Lâchement, car le prêtre est cet être parfait
Qui doit rendre le bien pour le mal qu'on lui fait,
Qui, devant l'insulteur, autant par caractère
Que par devoir, doit être humble et toujours se taire.
    Est-il rien de plus lâche et vil que d'outrager

Un homme qui ne peut ni ne veut se venger?
Et le prêtre chrétien, de quel nom qu'on le nomme,
De quel pays qu'il soit, est entre tous cet homme.

LE PARLEUR

Nous condamnons aussi les faits dont vous parlez,
Qui ne sont au surplus que des faits isolés.

LE PENSEUR

Vous n'avez pas encor cependant, que je sache,
Châtié les auteurs de cette action lâche
Qui, chaque jour, partout, se renouvelle.

LE PARLEUR

Eh bien!

Puisque vous m'y forcez, je ne vous tairai rien,
Et vous dirai pourquoi nous méprisons le prêtre;
Croyez-moi, notre haine a quelque raison d'être.

Tout le monde aujourd'hui peut lire les journaux,
Juger et commenter les faits des tribunaux.

Or, quand on voit s'asseoir, ce n'est certes pas rare,
Des prêtres avilis, le front bas, à leur barre,
De droit, tout prêtre au peuple alors devient suspect,
Il ne peut plus avoir pour aucun de respect.

LE PENSEUR

C'est faux! se taire ici serait une faiblesse!
Il est rare qu'un prêtre en coupable y paraisse:
Ce n'est qu'en vos journaux qu'on l'y voit tous les jours.
Le mensonge, cette arme odieuse toujours,
Propre aux lâches, chez vous, semble à la calomnie
Par le plus monstrueux des hymens être unie.

Aussi nul mieux que vous n'a l'art de s'en servir ;
Vous sûtes de tout temps en user à ravir
Contre vos ennemis, contre le prêtre entre autre,
Que vous craignez au fond, bien que ce doux apôtre
Soit peut-être le seul qui vous dédaigne assez
Pour ne point se défendre.... et de là ces procès
Que vous imaginez contre eux avec adresse,
Autour desquels on fait tant de bruit dans la presse.

LE PARLEUR

Ce que nous poursuivons dans le prêtre, d'ailleurs,
Et dans les plus mauvais comme dans les meilleurs,
C'est l'apôtre d'un Dieu trop puissant, le ministre
Et le représentant de cette loi sinistre
Qui prétend s'arroger sur nos âmes des droits,
Et dominer l'esprit des peuples et des rois.

LE PENSEUR

C'est la suppression de l'autorité même
De Dieu que vous rêvez ; vous en convenez, j'aime
Cet aveu, Dieu vous gêne, et sa divine loi
Qui commande à notre âme et soumet notre foi
Entrave vos projets. Vous ne pouvez soumettre
Des âmes et des cœurs dont Dieu s'est fait le maître,
Et de là vos fureurs, vos cris contre celui
Qui nous le représente et nous parle de lui.
Par un calcul méchant, mais habile peut-être,
Vous ne vous en prenez jamais qu'au mauvais prêtre.
Pour faiblir, il ne faut à l'homme qu'un instant ;
Et le prêtre est un homme, il peut faiblir partant.
La nature a des droits sur son âme d'apôtre,

Peut-être plus puissants encor que sur la nôtre.
Dans ses paroles même et dans ses actions
Il doit toujours lutter contre ses passions....
Quand la nature, en lui triomphante, succombe,
Est-ce l'Église entière avec l'homme qui tombe?
Qui pourrait l'alléguer sans honte, sans remord?
Le jury qui condamne un coupable à la mort,
Par ce raisonnement, aurait le droit en somme
De nous condamner tous en condamnant cet homme.
Il est des scélérats ayant place en vos rangs,
Parmi les plus connus, les premiers, les plus grands,
Des scélérats fameux entre les plus farouches,
Dont le nom même encore est dans toutes les bouches,
Que la justice humaine à sa barre a traînés
Et que l'opinion de tous a condamnés :
Faut-il, parce qu'ils sont du parti dont vous êtes,
Vous mépriser?.... Eh bien, vous, c'est ce que vous faites
Sans en avoir le droit, car le prêtre n'est pas
Des actions d'autrui responsable ici-bas
Plus que vous ne sauriez, vous républicains, l'être.
Nul parmi vous ne sait ce que c'est que le prêtre,
Le prêtre cependant, que tous, de parti pris,
Orateurs, écrivains, vous couvrez de mépris
Pour le rendre suspect et le faire maudire.
Ce qu'est le prêtre, moi, je tiens à vous le dire :
Sur le champ de bataille, au milieu des soldats,
Jusque dans la mêlée, au plus fort des combats,
Lorsque la mort poursuit la vie épouvantée
Et jonche de mourants la terre ensanglantée....
Dans cette heure terrible et sombre où les héros

Sont fatalement tous victimes ou bourreaux,
Près du mort dédaigné qui gît sans sépulture,
Dont l'abandon d'horreur fait frémir la nature,
Près du mourant lui-même, oublié du vivant,
Qu'un vainqueur généreux prend en pitié souvent,
Un homme est là.... de tous le plus brave peut-être ;
Car il marche au combat sans armes : c'est le prêtre !

    Quand une épidémie autour de nous sévit,
Quand l'homme qui meurt fait trembler l'homme qui vit,
Quand l'homme enfin fuit l'homme, et quand l'ami lui-même
Sans défense au destin livre l'ami qu'il aime ;
En un mot, quand le proche abandonne à la mort
Ses proches, et qu'on voit des mères sans remord
Déserter le chevet d'enfants aimés peut-être,
Près des mourants un homme encore est là : le prêtre !

    Quand la société repousse de son sein
Quelque grand malfaiteur, quelque insigne assassin,
Quand le monde, qui juge et jamais ne pardonne,
Au bourreau, sans remord ni pitié, l'abandonne,
Quand amis et parents, dans un commun accord,
Se détournent de lui.... sur l'échafaud encor
Il lui reste un ami, qu'il insulta peut-être
Dans ses jours de bonheur, cet ami, c'est... le prêtre !

    Voilà sa mission, ce qu'il fait tous les jours,
Ce qu'il fit de tout temps, ce qu'il fera toujours !
    A cette vérité, qui devrait vous confondre,
Vous, qui le condamnez, qu'avez-vous à répondre ?